붉은 아가미

천년의시 0061

붉은 아가미

1판 1쇄 펴낸날 2016년 9월 5일
지은이 강현주
펴낸이 이재무
책임편집 김연필
디자인 이영은
펴낸곳 (주)천년의시작
등록번호 제301-2012-033호
등록일자 2006년 1월 10일
주소 (04618) 서울시 중구 동호로27길 30, 413호(묵정동, 대학문화원)
전화 02-723-8668
팩스 02-723-8630
홈페이지 www.poempoem.com
이메일 poemsijak@hanmail.net

ⓒ강현주, 2016, printed in Seoul, Korea

ISBN 978-89-6021-289-3 04810
    978-89-6021-105-6 04810(세트)

값 9,000원

*이 책의 국립중앙도서관 출판시도서목록(CIP)은 서지정보유통지원시스템 홈페이지(http://seoji.nl.go.kr)와 국가자료공동목록시스템(http://www.nl.go.kr/kolisnet)에서 이용하실 수 있습니다.(CIP 제어번호: CIP2016020657)
*이 책은 전남문화관광재단과 한국예술인복지재단에서 제작비 일부를 지원받았습니다.

붉은 아가미

강현주 시집

천년의시작

아린 상처가 굳어서 딱지가 되고 다 나을 때까지 오랜 시간이 흐른다.

이만하면 되겠다고 생각하며 찾아 나선 호스피스 병원, 상처는 보이지 않지만 슬픔의 물꼬가 툭 터져버린다.

2집은 상처의 시가 많이 줄었고 밝은 시들이 채워주어서 한편으로 뿌듯하다.

아마도 어머니처럼 아버지처럼 바라보고 기도해준 여러분들이 있어서이리라.

원고를 수정하면서 내내 울었다. 자랑이라고 할 수 없지만 사소한 정과 지인들의 모습에 눈물이 많다.

아직 살아 있다고 자부하며 우주를 사랑하는 마음으로 자연과 생명 있는 것들을 찬미하고 때로는 병들어 있는 사회 모습에 연필의 날을 세워본다.

그리고 정말 아름답고 자연스러운 것이란 생각으로 처음 시도해본 사랑시가 가능했음에 감사드린다.

웃고 있지만 울고 있었던 자신에게 말 걸었던 나를 위해 2집을 내민다.

차 례

시인의 말

제1부

해야 ——— 13

연징산 ——— 14

탄도 ——— 15

목련 ——— 17

능소화 ——— 18

벚꽃을 묻는다 ——— 19

꽃무릇 ——— 20

상사화 ——— 21

제우스처럼 ——— 22

붉은 아가미 ——— 23

내 사랑은 ——— 25

명사십리에서 ——— 26

물고기 사랑 ——— 27

봉숭아 ——— 28

애인 ——— 29

첫눈 ——— 30

눈 온 뒤 ——— 31

망설이는 것들 ——— 32

사랑이 떠날 때 ——— 33

연리지 ——— 34

눈이 맞았다 ——— 35

별똥별 ——— 36

제2부

39 ——— 찍찍이처럼

40 ——— 그런 적 있니?

41 ——— 눈물

42 ——— 지렁이

43 ——— 눈물을 복사하다

44 ——— 아픔을 베다

45 ——— 시상을 낚으러

46 ——— 눈물만

47 ——— 하얀 길

48 ——— 생명의 정원 2

49 ——— 하늘이 부르는 순간

제3부

아빠와 아버지 ——— 53

돼지 ——— 54

시아버지 ——— 55

태연이 할머니 ——— 56

이모 ——— 57

노을 ——— 58

요숙이 ——— 59

안기어 ——— 60

입춤 1 ——— 61

입춤 2 ——— 62

花粉 ——— 63

하느님 2 ——— 64

골뱅이여 ——— 65

어떤 출판기념식 ——— 66

하느님 1 ——— 67

한 편의 시는 ——— 68

바다를 널었습니다 ——— 69

서오근 시인 ——— 70

제4부

73 ——— 송도에서

74 ——— 나의 돌

75 ——— 외로움의 뼈

76 ——— 몽고반점

77 ——— 뜨거워서 미안한

79 ——— 어디에서 어디로

80 ——— 서산동에서

81 ——— 날개가 있다

82 ——— 학

83 ——— 악몽

84 ——— 핵노잼

86 ——— 가만히 가만히

88 ——— 박힌 가시

89 ——— 바람이 되어

90 ——— 4월 16일

91 ——— 경배하다

92 ——— 빈 나라 하늘에

93 ——— 유관순을 만나다

94 ——— 꽃은 떨어지고

해설

95 ——— 입춤立舞의 시학 이민호

제1부

해야

도리포 바닷가
색소폰 연주는 어둠 속 하늘을 지피고
번져가는 붉은 구름

하늘은 붉어지나
산모가 진통을 하듯 해는 아니 나오고
난타와 춤으로 해를 부르는 사람들

섬 위로 떠오르는 연분홍 입김
아, 복숭아 빛 아기 볼처럼
웃으며 착하게 오는 해야
버선발로 사뿐히 사뿐히 오거라
연인의 눈빛처럼 아련한 해야
기쁘고 슬픈 일들도 한줌
연기로 보내고 발걸음도 가벼운 게냐?

물오른 처녀처럼
선홍빛 능금처럼
불기둥 사랑을 가슴에 품고
새아침 나에게 온 것이냐 해야!

연징산

철마다 고운 연징산을 오른다

보았는가
단풍잎 새 비치는 햇살의 떨림을
다람쥐가 앉았던 참나무 향기를
눈동자와 눈동자가 응시하는
골짜기 골짜기마다
푸드득 앉은 새, 숨을 고른다

연징산 정상에 올라 팔 베고 누우면
빙 둘러 흐르는 영산강을 안고
굽이굽이 돌아가는 오솔길마다 솟는 그리움

눈 감아도 눈 떠도 그림 같은
내 마음 속 고향
무안 땅, 무안의 얼이여!

탄도*

시누대 숲길을 간다

눈이 나리면 따닥다닥
알 수 없는 그리움 고이고
보일 듯 말 듯 대숲 아래
눈 감고 걸으면
스무살 청년과 아가씨가 간다

손만 잡아도 얼굴이 붉던 두 사람
침묵 속 더욱 더 커지던 마음의 소리,
대숲은 촛불을 끈다

어두운 대숲 조명 아래
더 가면 끝이 날까 마음 졸이며
바라보는 연인처럼
애틋한 사랑의 길

대자연 모텔이라며
깔깔대는 일행들 뒤로
문득 삼십 년 전에 살았을

처녀, 총각, 노루, 사슴, 멧돼지들이
한없이 한없이 부러운

● 전남 무안의 망운면에 속해 있는 작은 섬마을.

목련

아름드리 내려온 꽃가지를 본다

솜털이 난 꽃받침을 쓰다듬으면
교문을 지나다가 만난
소녀의 하얀 교복 깃처럼
어깨에 내려온 아가씨 댕기머리처럼
궁금하다 풋풋하다 싱그럽다

담장 위를 올려다보면
머금은 듯 아니 머금은 듯
미소를 짓는 것 같아
걸으며 한없이 두근거리는 길

뒤돌아보고 눈 맞추며
짓궂게 웃어보고 싶은
교련 선생님 같은 꽃

능소화

꽃 핀다
능소화 핀다 내 고향아

꽃바람에
톡톡 입술 떨리면
잘나도 내 고향
못나도 내 고향

때로는
슬렁슬렁 들바람 불어도
돌아갈 땅
따스한 흙 내음
어머니 손길 어린 부드러운 곳

꽃 진다
능소화 진다 내 무안아

벚꽃을 묻는다

비 오는 일요일 밤
벚꽃 가로수 길을 간다

신도로에 밀려 구도로가 된 예식장
흰 가로등에 비추인 여인의
치맛자락이 눈부시다

가루비에 아롱아롱 떨어지는 꽃잎들
죽 늘어선 웨딩드레스 허리가 시리다
첫날밤에 녹아내린 촛농처럼
눈물처럼, 꽃잎처럼
떨어지는 것들은 아름다운 것이니
목이 희도록 슬픈 밤
4월, 벚꽃을 묻는다.

꽃무릇

꽃을 보러 갔다가
밟힌 꽃을 보았네

무릇 꽃은 그 자리에 있어야 하니라
무심코 걸어가던 사람들

밤새 손보느라
여기 저기 널브러진 원고 위에
방울방울 떨어진 핏방울처럼
각혈하는 시인의 밤

붉은 목숨 흐드러져
환하게 환하게 밝히었다

상사화

그대가 잠들 때
어여쁜 속눈썹이 떨려요
길고도 긴 눈썹

잠에서 깨어나면
발꿈치를 들고
탱고를 춰요

사랑한다고
사랑한다고 속삭이며
검은 바이올린이 떨고
색소폰이 울 때
맨발로 그녀를 껴안아요

후두둑
붉은 치마가 흔들려요

제우스[●]처럼

연인에게 가기 전
황소로 변한 제우스처럼
무엇이 되고 싶다

멀고도 먼 길
때로는 술을 마시고
때로는 아스피린을 삼키며
너에게 가는 길

몸과 마음의 거리가 잡힐 듯 먼 젊은 날
제우스처럼 제우스처럼
붉은 입술을 탐닉하였다
감전당한 입맞춤과
지칠 줄 모르는 꽃의 영광으로
그대여 잠시 멈추어주시게

연인에게 달리는 제우스처럼
은빛 날개 꿈틀거린다

● 그리스 신화에서 모든 신들 중에서 가장 으뜸이고 신들의 아버지.

붉은 아가미

타원형 접시에 오른 옥돔을 본다
매실주 한 잔에 싱싱한 도미 한 점
한 시간이 지날 무렵 헐떡이는 붉은 아가미
이젠 말하고 싶어요
시간이 없어요
난 당신을 사랑하지 않아요
이제 그만 놔줘요
나는 언제부터 가슴 속에 집을 지었을까요
집 속에 나도 모르는 상자가 너무도 많이 있어요
숨이 막혀요 문을 열고 꺼내줘요
한동네에서 바람난 사람들 이야기를 하고 있을 때
도미의 아가미가 팔딱, 꼬리가 움직였다
사랑했던 사람이 있었지요
벚꽃이 날리던 날 입맞춤하던 기억이 떠올라요
가슴이 콩콩거리고 곁에 있기만 해도 좋았지요
헉헉 숨이 가빠져요
여자는 불쌍하다며 깻잎으로 눈을 가리고
여전히 사람들은 야설로 깔깔거리며
마지막 남은 살점을 초간장에 찍는다
육탈한 도미의 눈이 푸르게 빛날 때

지리로 해주세요!
순간 붉은 아가미의 숨도 차차 잦아들어갔다
도미야 이젠 안녕!

내 사랑은

내 사랑은
아무도 일어나지 않는 새벽
잎사귀를 씻어 내리는 새의 지저귐

내 사랑은
떨어지는 꽃잎의 뒤꿈치를
가만히 들여다보는 목련나무의 빈 가지

내 사랑은
닿을 듯 말 듯 응시하는 햇살을
지그시 곁눈질하는 갈맷빛 바람

때때로 너의 사랑은
속울음 울던 저녁노을을
포근하게 안아주던 산의 능선이었지

명사십리에서

두 팔 벌려
안으려는 그와
도망가는 그녀처럼

물빛 입술 샐쭉거리며 파도는
온몸을 굴려 다가온다
흰 거품 되어 사라질지라도
이제 그만 들어오라고
손짓하는 푸른 목소리

명사십리 바닷물에
발 적시면
흔들리는 마음도
젖가슴 같은 모래에 번지는
아롱아롱 무늬처럼
한 번 더,
한 번 더!

물고기 사랑

보고 있어도 그립다는 것은
누군가에게 미친다는 것이다

미친다는 것은
뜨거운 것
뜨겁다는 것은 두 개의
쇠를 녹여 붙이는
3000℃ 용접공의 손길

마음과 몸을 녹여
젊은 날의 생채기와 큰소리가
한 몸 되어 강으로 흐르는 길
내가 아닌 내가 녹아
너에게 가는 길

벼랑 끝 바람이 불고
숨 막힐 듯한 파도가 칠 때
저 깊은 곳에서 차고 오르는 별빛

봉숭아

보면 날아갈까
아니 보면 사무쳐
그리운 사람

손톱 끝 봉숭아 물처럼
주홍빛으로 곱게 물든다

물든다는 것
고운 님 곁에서 눈빛이 고이고
미소가 어리어
매듭을 풀어헤쳐
다른 빛 될지라도 나는 좋아라

봉숭아 물처럼
우주의 속잎도 한 겹 한 겹
노을빛으로 물들어간다면
첫눈 오시는 날
지그시 웃으며 그대 오신다면

애인

그대는 나에게

봉인된 연애편지
숨겨놓은 경단
오므린 꽃봉오리

궁금해서 하루에도 몇 번씩
서성대지만
세월이 가도 그 길 모퉁이에
웃고 있을 그대

마음속에서 출렁이는
연푸른 물결

첫눈

봉숭아 물 남았다 아이야,

하이얀 눈 저만치 오시어
바안짝 가시는데
차창에 남긴 발자국
새 각시 면사포처럼 어리구나

열네 살 달거리처럼
아프게 내려와
첫키스, 사라진 시간처럼
낯선 얼굴이여

수없이 퍼부어대는
서투른 고백, 서투른 입맞춤
하얗게 하얗게 고봉으로
뿌려놓았다

눈 온 뒤

폭설 후
연징산을 오른다

나뭇가지 비집고
여린 햇살 고개 내밀면
사르르 사르르
쌓인 눈 떨어진다

스스럼없이 고백하던 날
입가에 침이 고였지
사랑한다는 말처럼 녹아내리는 것은
살짝 부끄러운 일
나무가 땅에게
하얗게 고백하는 일

망설이는 것들

처마 밑
맺힌 빗방울을 본다

마음도 저와 같아서 그대
한 번쯤 망설인 적 없는가
방울방울 맺혀서 떨어질 듯 말 듯
마음 졸인 적 없는가

떨어지고 말면 그뿐
돌아가는 길 아득하지만
모든 것에는 때가 있어서
눈도 마주치지 않고
가야 하는 길 있으니

세상의 모든 망설이는 것들은
반짝반짝 빛나지만
때로는 어둡고 서늘한 것이어서
어느 날은 빗방울이 되어
한없이 한없이 울기도 하는

사랑이 떠날 때

낮달이 뜬 하늘이 여직 파랗고
쇠별꽃이 피어날 때
선홍빛 노을 한 줄이 폐를 스치고
아롱아롱
가슴에서 정원으로
한줄기 빛 되어 나갈 때
나가는 빛을 잡지 못할 때
오동 꽃처럼
뒤돌아보지도 않고
그냥 걸어갈 때

연리지

너를 보면
바다가 환하게 길을 열고
아카시아 향기가 피어났다

손 흔들며 떠나가는 길
가슴에서는
쪽빛 물이 번졌다

사랑해서 헤어지는 것이 아니다
헤어져서 간직하려는 것이다
잘려진 가지가
뿌리를 내리고
손을 맞대고 등을 맞대어
이별 없는 온전한 하나가 되려는 것이다

눈이 맞았다

한 어머니의 喪家에 간다

소싯적
유명한 여자였단다
얼굴도 곱고 특히 올린 머리가 섹시한 그녀,
가난한 남편과 세 아이를 두고
손끝이 따스한 필부와
눈이 맞았다

눈이 맞았다는 말
진실과 진실이 부딪쳐
시간과 공간을 뚫고 하얀 세상으로 가는 말
몇 달만 살아도 눈이 아찔하고
귀가 먹먹할 희디흰 말
눈동자를 응시하다가
훅, 숨이 멎을 듯 붉게 노을 지는 말

누군가 찾아오지 않았다면
오래오래 살았을
껍데기 속 땅콩 같은 사람들

낡은 문턱을 건너
전설을 뒤로한 그녀,
영정 속에서 희미하게 웃고 있다

별똥별

소 뚜르르 소 뚜르르
풀벌레 우는 밤
아이야, 밤하늘을 보자

까만 밤하늘에
어둠이 가라앉으면
별들이 모싯발을 걷고 맨발로 걸어온단다

혼불이 나간 듯 쓸쓸한 흐느낌처럼
축제가 끝나고 그어진 불놀이처럼
직선으로 소용돌이로
아주 가는 것이냐
가서 또 별이 되는 것이냐

사랑이 왔던 순간처럼
떠나는 것도 빛이 되어
잠시 번뜩이다가 사라지느냐
누군가 환호할 때
이별의 순간이었음을
별아, 부디 잘 가거라

제2부

찍찍이처럼*

S대 병원 후문
한 여자가 울고 있다
손 흔드는 친구를 보며
갑자기 애처럼 우는 여자

사람들이 본다
빨간 신호등이다
떡장수가 본다
지하철이 멈춘다
시누이가 본다
햇빛이 기울어진다

순간 거리는 웅웅거리는 소리 잦아들고
신생아 같은 울음소리가 피어난다
눈물에 안겨 찍찍이처럼 우는 늦은 오후
배고픈 비둘기들, 병원 마당으로 들어온다

● 벨크로라는 뜻으로 천의 한쪽을 꺼끌꺼끌하게 만들고 한쪽을 부드럽
게 만들어 두 부분을 딱 붙여 떨어지지 않게 하는 여밈 장치.

그런 적 있니?

아즐아즐 어스름이 드는 저녁
혼자 늦은 식사하다가
공허가 별처럼 가슴에 파고든 적 있니?

???

창가에 내리는 빗줄기 보며
우두커니 해맑게
멍 때린 적 있니?

비온 뒤
젖은 낙엽을 보며
소리 없이 흐느껴 운 적 있니?

눈물

눈물은 가끔 포옹보다 시원한 것
슬플 때 참다 보면
한 방울 한 방울
자기들끼리 줄다리기도 하고
자기들끼리 땀 흘리다가
툭, 뜨거운 한 방울 떨어뜨리고
소리 내어 울어버리면
그만 가슴이 뻥 뚫려 시원해지는 것
불혹이 넘어 참아보지만
여전히 울어야
가슴에서 피어나는 꽃씨들
봄맞이꽃처럼 살뜰하게 고운 정원

지렁이

비온 뒤
벌건 대낮
꿈지럭꿈지럭
사람들의 야유를 들으며
손가락질 받으며
복 없는 년
복 없는 년
말라가는 맨살로
긴 생의 빚을
한 뼘씩 한 뼘씩 갚아가고 있다

눈물을 복사하다

아이들 지도안을 복사하는데
정품도 아닌 흑색 잉크가
울고 있다

언젠가 떨어뜨린
한 방울이 기억하는 것은 무엇일까
내가 언제 그랬냐며
해맑게 웃고 있지만
거울 뒷면의 @ 같은 표정

낡은 복사기처럼
저장하지 않았지만
흘려보낼 수 있어서 살았을
옛 기억의 사진들
사랑의 얼룩을 복사한다

아픔을 베다

잘려진 나무의 그루터기를 본다

베지 않았다면 썩어들었을 몸
비 오는 날 더욱 욱신거리고
아득히 먼 곳을 향해 팔 벌린
생채기가 말한다

말 한마디가 들어와 걸렸다고
비아냥거리는 눈 흘김이 시렸다고
뜻 없는 웃음소리가 자꾸 밟혔다고

상처가 없는 나무는 아프지 않다

오동나무 길섶, 유년의
신작로에서 나는 아직도 울고 있는가?

시상을 낚으러

호스피스 병동을 간다

음료수 한 박스 들고 나선 오후

정문에 들어설 때

주홍빛 석류 입술을 보다가

후드득 덤빈다 브레이크 밟으며

아이처럼 손바닥 치며 울어댄다

7년 전의 보호자를 알아보는 간호사의 안부에

후드득 붉은 꽃잎이 떨어진다

나를 기억하는 익숙한 병동

그 남자가 오래 누워 있던 침상 앞에서

꽃잎들이 아예 흔들리다가 빗물에 쓸려간다

시상을 낚으러 갔다가

처절한 주인공이 되고 만다

잊었지만 그리웠던 자리

아직 다 울지 못해서

뼈 속까지 한 뼘 한 뼘 그리웠던

여자가 서 있다

눈물만

비가 보슬보슬 내리는 밤
사랑의 부등호가 악어처럼 입을 벌릴 때
다리가 뻘밭에 빠지듯 축축 처지는 날이었다

어느 시인이 담근 술을 마셔볼까
해질녘 삼겹살 집에서
소주 석 잔에 아이처럼
다리 뻗고 울어볼까

눈물을 안주 삼아
홀짝홀짝 마시는 밤
알콜은 혈관을 타고 마음을 타고
붉은 취기는 기울어가는 생각을 부추기고
빗소리는 가스 배관 위에서 더 술렁거리고
죽은 남자는 슬쩍 미소를 보내고 지나간다

십자가 아래서 쓴 시 앞에서 고해하나니

나는 누구인가 눈물만,
나는 누구인가 눈물쯤.

하얀 길

그 여자가 병원에 왔다
글을 쓴다던 보호자 k씨
음료수 박스를 건네받는데
갑자기 여자가 떤다
세월이 지났어도 눈이 고운 여자가
입을 가리며 초등학생처럼 엉엉 운다
시상을 떠올리려고 왔다는 그녀,
울음을 그치고 머물렀던 곳을 찾아 나선다
가다가 앉고 가다가 무너지는 소리가
병실, 방마다 들린다
한 바퀴 돌았을 쯤 인사를 건네니
정원이 있는 옥상으로 향하는 그녀
빈 벤치, 나무를 쓰다듬으며 정자에 앉는다
아리다.
그녀가 도망치듯 가는 하얀 길이

생명의 정원 2

그가 누웠던 정자
마룻바닥을 쓰다듬는다

힘없이 허공을 보다가
슬픈 듯 생각에 잠기다가
잠들던 자리

손바닥에 얹은 단풍잎을 보며
탄성을 지르던 평상도
아카시아 나무 기둥도
가족들과 함께 한 정자의
나뭇결도 그대로인데
떠나간 이들의 숨소리
살고 싶다 살고 싶다 살고 싶다

알아서 아리다

하늘이 부르는 순간

낙하산만 제대로 펼쳐졌다면
운항시간을 지키지 않았다면 그는
지금쯤 어머니가 차려준
된장찌개에 식사를 하고 있을 것이다

울부짖는 어머니
엎드려 돌부처가 된 아버지
구성진 연도의 한 자락

하늘이 부르는 순간 너는
조각된 얼굴의 퍼즐 한 조각
굳어버린 소금기둥의 아이
하지만, 하지만 하느님에게는
한 마리 나비의 날갯짓

사랑으로 회항하는 너를 보낸다

제3부

아빠와 아버지

핸드폰 전화부를 보면
아빠와 아버지가 있다

벽처럼 차고
바위처럼 단단한 바위 같아도
긴급한 일이 생기면 부르는, 아빠
잊고 있다가 한번 부르기만 해도
붉게 번져가는 눈물 같은, 아버지

딸에게 아빠는
세상을 보여주는 창문이라지
며느리에게 아버지는
세상을 지켜주는 울타리라지

웃는 듯 우는 듯 들여다보는
아빠와 아버지의 눈에
붉은 노을이 지나간다

돼지

제습기 산다고
칠순 아버지가 돼지를 잡는다

코를 돌리다가
망치로 친다
한번 내리칠 때마다
이 못난 놈의 생!
쿵쾅쾅 흔들리는 마음
또 한번 내리칠 때마다
오메, 어쩔 수 없네!
좌르르 시원하게 나오지 못하는
배고픈 돼지의 아우성

자식은 으짤 수 없드랑게
미용실 늙은 여주인의 넋두리에
부모도 어쩔 수 없다며
365코너를 나서는 PM 2시 45분

시아버지

다녀올 때마다
트렁크에 쌀을 실어주며
잘 살그라이
해질녘 타들어간 노을처럼
삭정이 같은 얼굴

해가 갈수록 여위고
얼굴 가득 저승꽃이 핀다

볼 때마다 짠해도
보고 나면 밥 한 숟갈 뜨제이
예찬 어메야,
벚꽃이 환하디 환한디
살살 구경험서 가그라

태연이 할머니

시댁에 갈 때마다
보는 동네 할머니
와줘서 고맙다고
이쁘다고 손잡아주신다

배웅하며 애들에게 건넨
꼬깃꼬깃한 만원
주름진 얼굴 한번 들여다보니
안개가 낀다
고장 난 기타 줄처럼 목젖이 떨린다

동네 할머니들은 모두 내 어머니 같아
나를 내려다보고 있었던 것을
혀를 끌끌 차며 가슴앓이 했던 것을
홍수가 난 강물처럼 나는
물꼬를 툭 터버린다

이모

교육차 갔던 k교육관
담장을 기어오르는 담쟁이가 붉다

깻잎, 마늘 장아찌에
맛나게 먹고 나오는데
주머니에 넣어준 온기 네 장
"애들 키우느라 고생이다
꼬박 모은 것이니 애들 주거라."

두어 달 모았다는 생활비 100%
집으로 가는 길
논 위에 자욱한 안개처럼
드문드문 가슴이 아린다

노을

스몰스몰 타들어가는 노을을 본다

예찬 어메 인제 안 올란갑다
쌀 한가마, 참기름 한 병 얹어주며
커가는 손자 얼굴
오묵오묵 들여다보던 아버지

돌아오는 길
작은 트렁크 안의 쌀자루처럼
아프게 시리게 쓸어내리며
꺼윽꺼윽 넘어가던
선홍빛 해넘이에서

짠하디 짠한
아버지의 눈물을 본다

요숙이

너는
스치기만 해도 흔들리는
꽃잎, 줄기, 뿌리로
춤을 추는 여인

봄을 시새워 휘두르는
겨울바람 칼끝에도
작은 족두리를 쓰고
피어났으니

감꽃으로 목걸이를 꿰던
언니처럼 언니처럼
3월 바람 앞에 오시었는가
나의 친구야

안기어

죽은 어머니의 애송가를 부른다

어쩌다 생각이 나겠지
진정한 사람이라면
그토록 사랑했던 그대를 잊을 수 없을 거야

노래는 소리 없이 목에 걸리어
같은 트랙을 반복한다
어쩌다 생각이 나겠지
진정한 아들이라면
철없이 방황했던 날들을 잊을 수 없을 거야

뒤돌아 울먹이는 남자를
노래방 주인은 감싸 안고
깜깜한 어둠은 노래 품에
안기어 안기어

입춤 1

한 춤을 추는 여인이 있다

살기 위해
가슴에 칼날을 숨기고
사는 여인

붉은 치마에
부채를 든 손이 떨린다
바람에 흔들리는 동백꽃인가
스러질 듯 스러질 듯
빙빙 돌아 꽃잎은 피고 지고

웃고 있으나
천 번 울었을 여인이
치마를 치켜 올리며
휘휘 감아 돌 때
서러운 세월도 보냈다
고와서 서러운
까만눈의 여인아

입춤 2

74세 어머니에게
친구의 입춤 동영상을 보여드린다

한복을 입은 고운 여인이
치마를 잡고 휘휘 돌 때
나뭇가지의 눈이 떨어지듯
어머니가 떤다

눈에 뭐가 들어갔다며
눈물을 감추다가
빤히 바라보는 어머니,
쌓인 눈이 녹듯
실촉살촉 흐느끼다가
큰 나무 덩어리 눈이
후드득 후드득 떨어진다

花粉●

喜壽 지난 아버지, 나비처럼
자식들 피곤하다고
한 알 한 알 침 발라
저장고에 쌓아놓다가

어버이날 지나
7남매에게 한 병씩
화분을 보내네

내리사랑이라고
젖 물린 어미처럼
쓰다듬으며 눈 맞추며
나비들처럼 마음 한구석
도둑맞은 것도 마냥
기쁘게 또 기쁘게

● 화분: 벌이나 나비가 먹으려고 꽃가루에 침 발라 만들어놓은 양식.

하느님 2

어머니가 아기에게 젖을 물릴 때
내려다보는 아늑함과
까만 눈빛이
쏟아지는 별처럼
교감하는 것

작고 조그만 손이
엄마 손을 꼬옥 잡고
성자처럼 성자처럼

어머니에게 아기는
아기에게 어머니는
살아계신 하느님

세상에서 가장 고운 그림

골뱅이여

차과에서 아이를 기다리다가
이야기를 듣는다

상봉덕이 얼굴이 안좋대
아들 짝지운다고 날 받았드만
빼짝 말라서 얼굴이 말이 아니여
젊을 때 돈 벌라구 남의 집 일 다녔대
긍게 골뱅이여
내집 다 치우고 돈 벌라구 그랬대
긍게 골뱅이여
늙은게 사방데가 아프드래
그때 골병이라던 할머니의 손전화가 울린다
아가 밥은 먹었냐? 쌀은 있고?
문화센타는 다니구?
나두 먹었다 치과 왔응게 너도 들어가그라이
할머니들은 하다만 상봉덕 이야기로
어깻죽지를 주무르며 연신
긍게 골뱅이여 골뱅이란게…….

어떤 출판기념식

지인의 첫 시집 출판기념식 사회를 본다

고희가 되어 큰마음 먹고 벌인 잔치
쌍북 놀음이 마중하며 들길을 간다
큰딸이 낭독한 편지 속
우유 배달하며 가쁜 숨을 헐떡이던 계단,
갈라진 어머니의 목소리가 들려

휘어진 등처럼
호미 되어 기도하는 들녘
6남매 자식만은 가슴 펴고 살게 하소서
구르마 밀며 언덕을 내려가니
몇 안되는 찬에 소담한 밥상

첩첩이 두꺼운 벽만 있었다면
나아가지 못했을 나의 길
모두가 열어준 것 같아
속울음 꽃 피우며 사회를 본다

하느님 1

잊어버렸지만
예수를 알아본 어느 제자처럼 당신은

힘든 이에게
빚을 감해주는 채권자
무거운 죄를 고백하는 이에게
이미 용서했다고 말하는 신부님
고통의 바닥에서
목숨도 맡긴다는 기도에
같이 울어주던 십자가 예수
아픈 아이 엄마에게 조용히 기부한
耳順의 수녀님

잊어버렸지만
다시 만난다면
함께 걸어가고 싶은 당신은
사랑의 아버지

한 편의 시는

치킨집 선배님에게는
밤새 어둠을 뚫고 배달한 따스한 치킨 한 조각
노래주점 사장님에게는
술 취한 손님의 위로가 되어준 색소폰의 긴 울림
커피숍 사장님에게는
손님을 위해 정성껏 끓인 진한 커피 한 잔
친구 김 기자에게는
어머니를 향해 달려간 무안-익산 간의 벚꽃 핀 거리
친구 임요숙에게는
그치지 않는 한춤의 붉은 꽃잎들
나에게 시는
꽃처럼 피어나는 오늘의 당신

바다를 널었습니다

햇빛 뜨거운 날
빨랫줄에 바다를 널었습니다
푸른 치마와 적삼이 파도처럼 철썩입니다
아이는 쪽빛 물결을 입고
까르르 웃습니다
내 마음도
웃으며 웃으며 가슴을 엽니다

빨랫줄에 하늘을 널었습니다
비온 뒤 강아지풀 쫑긋거리고
창문 틈 파란 물이 스밉니다
아이는 하늘빛 바람을 신고
콩짝콩짝 뛰어다닙니다
내 마음도
마음껏 마음껏 하늘을 봅니다

서오근 시인

연꽃처럼 은은하고
멀어질 듯 가까운 사람
사려 깊은 한 말씀 한 말씀에
무안 문인들 시심이 돋고
아이들 가슴에 심어준 동심
큰 나무 되었습니다

처녀작을 축하하시며
가만히 쥐어준 금일봉
당신이 아끼는 빛나는 시
혼자가 아니냐 혼자가 아니야
마지막 넋두리가 되었습니다

곱게 다림질한 연청색 양복에
곱슬거리던 머리카락도 그리워라
소와 새와 꽃들이여!
가시는 길 환하게, 환하게 밝혀주소서

제4부

송도에서

빠득빠득
짱뚱어 얼굴 내민다
빠곡빠곡
농게 빨간 집게를 든다

뻘 속에 푹푹 빠져 허둥대는 발
자그락자그락 바삐 숨어드는 발
해풍에 맡기고 쉬어가는 나의 발

빠곡빠곡
뻘에서 들리는 무반주 소리처럼
세상도 저와 같아서
눈 뜨고 눈 감을 수 있다면
발을 들어 서로 경탄할 수 있다면

나의 돌

둥글게 살아야 한다던
어머니의 말씀대로
구르고 굴러
둥그런 돌이 되었다

평평한 길을 갈 때는
웃으며 느긋하게
울퉁불퉁한 길을 갈 때는
몸에 힘을 빼고 천천히
때로는 발끝에 힘을 주고 외줄도 탔고
살려고 발버둥 치며 난간에 매달렸다
이제 그만 죽자고 하늘에 나를 맡기던 날
내 길은 내리막길이 되었고
태양은 머리카락을 비추어주었다

시나브로 살아난 나는
이제 더 이상 둥글지 않아
절벽을 만난다면
어떻게 살 것인지
가만가만 캄캄한 밤에게 물어보곤 했다

외로움의 뼈

때로는 소통하지 못하여
막다른 골목에서
뒤돌아선 사람들을 생각한다

서로 둥글지 못하여
부딪쳤던 모서리는 매번 금이 갔고
멍이 든 자리에 돌을 던져
상처를 덧나게 했다

악담을 하며 뒤돌아선 자리
빛나는 외로움의 뼈
맨발의 뼈는 말한다
세상 어느 곳에서도 품어주지 않아
너에게 보여주고 싶었어
악을 쓰고 싶었어
고집을 피우며 화내고 싶었어

오늘은 오늘만은 모르는 척
쓸쓸한 맨발에 따스한 양말을 신겨준다

몽고반점

한강*
그녀가 내 이름을 부르기 전에는
몽골로이드계 집단의 푸른 반점이었다

그녀가 부르던 어느 날 나는
한 여인의 엉덩이에 피어난 잎사귀가 되었다
곁에 주홍빛 꽃잎이 피어나고
꽃잎과 함께 손을 잡고 응시할 때
입 맞추며 물결칠 때
보았다.
붉고도 푸른 것들의 뜨거운 떨림을
온몸이 피어나며 환해지는 전율을
촉촉하게 술렁거리는 푸른 탄성을

절정의 순간
꽃잎 속으로 잦아들며
푸르게 푸르게 스며들었다

● 올해 『채식주의자』라는 소설로 인터내셔널 맨부커상을 탄 한국 소
설가.

76

뜨거워서 미안한

최불암을 따라 멕시코에 간다

108년 전 조국의 파도에 밀려
닿은 바닷가 마을
한인 3세 에네켄*이 팔 벌려 우리를 맞는다

모국어를 잊어버린 혀끝이
강아지처럼 어머니를 따른다
김치 반죽에 호박을 썰어 부치고
간장을 넣어 미역국을 끓이는 조선의 딸

송편을 먹으며 바로 이 맛이라고
뿌사리**처럼 웃는 사람들
뜨거워서 미안한 사람들 앞에
파하하하
뿌리가 기억하는 조선의 밥 앞에
파하하하
굽이치는 파도처럼
더 깊게 마음을 굴려
울음꽃을 피우는 것이다.

● 방송인 최불암이 등장한 「한국인의 밥상」 중 멕시코의 해외동포.

●● 황소의 전라도 사투리.

어디에서 어디로

서산동 언덕에 서면
야쿠르트 아주머니의 콧노래 소리 들린다

가르마 같은 좁다란 골목길
다닥다닥 붙어있는 집들이
따개비처럼 등을 맞대고
라디오에서 흘러나오는
2시의 데이트를 듣는다

방귀를 뀌어도 누군지 알 것만 같은
오르막길
강제 철거라는 플래카드 아래
호박꽃, 가지꽃 바람에 흔들리는데
벽에 꽉 붙어 몸부림치는
담쟁이의 푸른 눈

우리는 어디에서 어디로 가는지
7월, 바람이 차다

서산동에서

서산동
한 사람씩 오르는 골목길 끝
베고니아 붉은 울음이 비친다

성적이 뛰어나
고운 꿈을 가졌던 여중생은
인문계 진학을 포기하고
이불 속에서 흐느껴 운다

중턱에 오르니
깨꽃처럼 반기며 문을 여는 할머니
좀 쉬었다 가라고
날씨가 참 좋다는 눈인사에
참았던 숨, 훅 내쉰다

아무에게도 보여주지 않았던
가파른 슬픔의 골목길과
눅눅하게 젖은 마음의 대문에
찰그랑찰그랑 바람이 분다

날개*가 있다

기타나고야시에 가면
우뚝 서 있는 날개가 있다

바이올린 소리가 들리는 어린이집에는
호수 같은 어린 눈망울이 있고
손을 잡고 뛰며
이름을 묻는 사내아이가 있고
팀이 되어 게임을 하고
헤어질 때 눈가가 젖은 선생님도 있다

늙어서 서로 의지하며 살기 좋은 곳
조선의 500년 역사를 벤 칼 보이지 않는데
한 장 한 장 접어올린 색종이 우산을 들고
배웅하는 휠체어 탄 할머니 눈에

같이 날자고
날고 싶다고 퍼득거리는
한 쌍의 날개가 있다

● 전남 무안군과 일본의 기타나고야시가 자매결연을 맺어서 상징으로
날개 동상을 만들어서 기타나고야시에 보관하고 있다.

학

상동 학 마을에 오면
째재잭 쩩쩩
시냇물 돌 틈에 걸려 돌돌돌 웃고

유유히 나는 학
섬처럼 연꽃처럼 앉아 있다

하늘을 쳐다보는 모양이
세상의 수많은 시인들처럼
저희들끼리 째재잭 쩩쩩
아랫마을 왜가리가 말을 걸어도
고고하게 대답이 없구나

몇 날 며칠 학 마을에 다녀가니
학이 되가는 듯
연꽃이 되가는 듯
온통 머릿속이 하얗다

악몽

차 앞에 서기만 하면
트렁크가 열리는 시대

부모를 살해한 남매의 피 묻은 손
말 한마디에 선배를 살해한 남자
아이를 죽도록 매질한 어머니

탐스러운 열매만 수확하려던
부모가, 학교가, 나라가,
공범으로 밝혀진다

지금도 누군가
굴뚝 위 밥 짓는 내음을 가위질할까?
비명을 지르지만
깨어나지 못하는 새벽, 세상은
무서운 꿈을 방영하는 4D 상영관이다

핵노잼 *

8세 아이가
총명한 눈으로 또박또박 발음한다
오늘 정말 핵노잼이야

핵노잼이라니
북한에서 핵을 발사한 것도 아닌데
두렵고 어두움에 쌓여 세상이
아주 간단명료하게 무너지는 말

나중에 우리가 늙어서
말이 안 통한다고 뒷방에 버려놓고
그대 신세대들이여
외계인 같은 신조어로
얼마나 짧게 만나고 쿨하게 웃을지

노답, 안듣, 안물, 인쓰, 밥먹, 먹튀…….
선생님은 어떤 강의를 할지
부부싸움의 모습은 어떨지
시인은 어떤 은유를 쓸지

길게 말하고 느리게 사랑하고 싶은
공휴일이다

● 핵이 폭파할 정도로 재미가 없다는 신세대의 준말이다.

가만히 가만히

늘대의 눈*을 읽다가
한 줄의 문장을 본다
너와 헤어진 뒤로 우린 한 발자국도 안 떼어놓았어
아프리카를 기다린 냄비처럼
아이들은 그렇게 가만히 있었다

가만히 있는다는 것
머리 감길 때, 까불 때, 귀 후빌 때, 안전 훈련할 때
엄마가 하라는 대로
선생님이 가르치는 대로
선장이 지시한 대로
가만히 있었던 세월호 속의 아이들

가만히 있는다는 것
고요 속의 비명처럼
재가하는 어머니의 치맛자락처럼
손톱 끝이 쓰라려 잔인한 4월

약속한 곳 표정도 굳어 기다릴
대한의 아이들을 보러

가만히 가만히 가자!

● 다니엘 페나크가 쓴 동화책.

박힌 가시

어느 날 가시 하나
내 발에 들어왔다

빌 디딜 때마다
따끔거리고 아리다가
빼려고 하면 더욱 깊게
파고들어가 앉았다

박힌 가시는 살이 되어갔다
살이 된 가시는
팽목항 바다 속 단원고 아이들의
아우성을 듣는다
바다를 하염없이 바라보며
앉아 있는 어머니의 등을 본다
가로막는 경찰들 앞에서
울부짖는 아버지의 눈물을 본다

박힌 가시는 더 이상 아프지가 않아
굳은살로 옹이로 그들을 껴안는다

바람이 되어

노란 리본에 깨알 같은 안부를 물으며
팽목항을 걷는다

바람이 맞불어 서늘한 모퉁이
난간에 매달린 풍경 속
물고기들이 운다
짤랑짤랑 짤랑짤랑

눈을 감는다 아이들이 웃는다
손뼉을 친다 햇빛이 떨린다
거기, 빗소리처럼
자지러지게 웃고 있는 물고기 떼

바람이 되어 바람이 되어 나는
뱃속까지 비워본다

4월 16일

잊고 있었다
대출금 이자를 갚느라
학교폭력과 싸우느라

한 아버지의 인터뷰에서
"수습되지 않은 딸을 찾으면 그때……."
웅얼웅얼 떨리는 입술 새로
깨어진 초성들이 사금파리처럼 반짝인다

기억의 창문에
살촉살촉 빗물이 흐느낀다
들컹들컹 바람도 성을 낸다
빈 도시, 빈 교실, 빈 방에
돌아오지 못한 기타 소리와
수습되지 못한 복숭아 향이
꼬박꼬박 아침을 연다

경배하다

한 남자가
무릎 꿇고 바닥에 손을 얹고 절을 한다

아기 예수께 그러하듯
젊은 영정사진을 향해
거룩하게 숨죽여 엎드린다

원래 내 것이 아니었던 아들
하늘로 돌려보내는 길
눈도 얼고 귀도 얼어
발도 얼어붙은 밤

처음으로 낳아 기른 왕자님
흐르지 않는 언 강을
쓸쓸이, 쓸쓸이 건너고 있다.

빈 나라 하늘에

연징산 동백숲을 간다

붉은 꽃 누운 솔밭 길
노란 눈 무엇을 말 하는가

고창군 흙집에서 전봉준이 일어난다
동학도는 다 모여라
목소리 한데 모아 잎이 되고 꽃이 되어
시퍼런 칼 앞에 우뚝
차가운 총 앞에 단단히
우금치의 목소리 쟁쟁하고 푸른데

애야, 여기 좀 보아라
빈 나라 하늘에 모가지째 툭,
붉은 피 어린 선혈
송이송이 사발꽃이 되었다.

유관순을 만나다

유관순 추모각을 간다

멀리서도 긴 눈매
미간에 가득한 굳은 의지
'진정 독립을 하였는가?'

향을 꽂고 눈 감으니
붉은 혼이 물든다
'참으로 광복하였는가?'
우뚝 선 눈빛이 어둠을 밝히고
창살 아래 푸른 외침이 들리는 곳

벚꽃처럼 벚꽃처럼
(모두 함께) 대한 독립 만세!

꽃은 떨어지고

사회 교과서에 지워진 이름 세 글자
가슴 속 파편 되어
찌르고 때리고 후빈다

지워도, 지워도 잊어지지 않는
싸늘한 발길, 차가운 칼날 선연한데
어느 누가 용서하였는가?
어느 누가 무릎을 꿇었는가?

소녀야, 씻어도 씻기지 않는
여리디 여린 팔목에
시계꽃을 걸어주리

파랗게 뜨다 만 눈 하늘 보고
울다 지친 입술 땅을 보는데
이 나라의 어린 순결의 꽃
후두둑 떨어지는데…….

입춤立舞의 시학

이민호(시인, 문학평론가)

1. 시의 춤사위

시를 읽으며 편견에 사로잡히는 때가 있다. 누가 썼을까, 어느 지역 사람이지, 어디 소속일까. 이런 선입견 앞에 서면 강현주의 시집은 어느 정도 윤곽을 잡을 수도 있을 것 같다. 여성시인이라는 정보만 가지고도 충분히 할 말을 만들어 낼 수 있기 때문이다. 감성적이며 서정성이 깊이 밴 시가 주류를 이룰 것이고 현실적 상상력보다는 낭만적 상상력이 지배적이고 전위적이기보다는 전통적이라고 손쉽게 발설하면 되지 않을까.

그런데 이 인상비평과 주례사비평의 유혹에서 다시 발길을 돌려 강현주의 시세계로 들어서게 되었다. 시집 말미에 오롯이 지키고 있던 세월호 관련 일련의 시편들 때문이다. 흘러넘치는 정서의 과잉에서 벗어나 차분히 절제하며 현실에서 겪는 인간 고통의 밑바닥을 끈질기게 끌어안으려는 시의 힘이 팽팽하다. 그래서 갑자기 이 시집을 시답게 만드는 시성이 무언지 궁금했다. 그리고 해석학적 순환을 거듭해야 하는 읽는 이 본연의 자세로 고쳐 앉아 찬찬히 시를 곱씹었다. 젠더와 지역과 출신의 차이에서 자유롭게 된 것이다.

이 시집은 4부로 구성됐다. 1부는 신화적 상상력 속에서 시적 주체가 형성된 근원에 대해 이야기하고 있다. 2부는 여성으로서 자기 현실을 어떻게 인식하고 있는지 보여주고 있다. 3부는 가족주의 속에서 갈등하는 양가적 가치관을 드러내는 가운데 새로운 상징으로서 여성주의적 태도를 표출하고 있다. 4부는 자신의 여성성을 구체화시키며 현실 극복의 의지를 담고 있다. 이처럼 이 시집은 근원에서 현실로, 과거에서 현재로, 타자에서 주체로 구체화되는 구심적 시 세계로 진행된다. 그런 가운데 궁극적으로 시 정신의 정도를 지속적으로 보인다. 그것은 세계와 자아와의 긴장감을 유지하려는 비동일성의 지향이라 할 수 있다.

시적 비동일성의 핵심은 자기 존재의 통합을 꿈꾸는 일이다. 특히 이 시집에서 시적 주체는 여성으로서 자기 표현 방법을 입춤의 춤사위를 통해 표현한다. 입춤은 '춤사위의 전후 순서 등이 특별히 정해지지 않은 상태에서 자연스럽게 감정을 표출하는 춤'이다. 모든 춤의 바탕이 되기도 하며 변형과 변주를 열어놓고 있는 즉흥적 특성을 주목할 만하다.

한 춤을 추는 여인이 있다

살기 위해

가슴에 칼날을 숨기고

사는 여인

붉은 치마에

부채를 든 손이 떨린다

바람에 흔들리는 동백꽃인가

스러질듯 스러질 듯

빙빙 돌아 꽃잎은 피고 지고

웃고 있으나

천 번 울었을 여인이

치마를 치켜 올리며

휘휘 감아 돌 때

서러운 세월도 보냈다

고와서 서러운

까만눈의 여인아

—「입춤 1」 전문

'한춤'은 입춤에 어울린다. 특히 여인의 몸을 통해 드러난
다는 데서 강현주가 자신의 시법으로 삼을 만하다. 시처럼 아
이러니와 역설을 담고 있다. "살기 위해/ 가슴에 칼날을 숨기
고" 있다는 데서 삶과 죽음이 동거하고, "웃고 있으나/ 천 번
울었을" 모순을 끌어안고 있다. 그러면서도 궁극적으로 아름

다음에 이른다는 점에서 시적이다. 이를 볼 때 그가 추구하는 시의 형식은 한춤처럼 간단하고 단순하다. 특별한 의장과 비유를 뽐내지 않는다. 별스런 장소와 소도구도 필요치 않는 즉흥적 양상은 그의 시가 보이는 가벼움을 자유로움으로 이끄는 특성이다. 한춤의 내용은 상처 난 여성 삶의 비틀어진 모양을 다시 가지런히 정돈하고 풀어 살게끔 생명을 불어넣는 데 있다. 그처럼 그가 담아내는 시의 내용도 이질적인 요소의 지난한 싸움 끝에 얻어낸 결합의 산물이라 할 수 있다. 모순 속에서 통합된 상태를 표현하는 춤과 같은 시. 특히 남자들의 한량무에 대비되는 여성의 자아표현으로서의 시이다. 갇힌 육체의 풀어줌이며 자기 존재의 초월, 창조를 도모하는 시를 꿈꾸고 있다. 한춤과 같은 '한시'를 쓰는 시인이 강현주다.

2. 불기둥과 소금기둥의 신화

이 시집의 바탕에는 신화의 세계가 자리하고 있다. 그 상징체계는 '불기둥'과 '소금기둥'의 이미지 속에서 작동한다. 불교에서 '불기둥'은 선승의 가르침을 상징한다. 악을 굴려서 선으로 바꾸어 놓고 선으로 사방 중생을 건지는 구원이다. 기독교에서는 광야에서 헤매는 이스라엘 민중을 선도하는 신의 부름이며 희망의 징표이다.

도리포 바닷가
색소폰 연주는 어둠 속 하늘을 지피고

번져가는 붉은 구름

하늘은 붉어지나
산모가 진통을 하듯 해는 아니 나오고
난타와 춤으로 해를 부르는 사람들

섬 위로 떠오르는 연분홍 입김
아, 복숭아 빛 아기 볼처럼
웃으며 착하게 오는 해야
버선발로 사뿐히 사뿐히 오거라
연인의 눈빛처럼 아련한 해야
기쁘고 슬픈 일들도 한줌
연기로 보내고 발걸음도 가벼운 게냐?

물오른 처녀처럼
선홍빛 능금처럼
불기둥 사랑을 가슴에 품고
새아침 나에게 온 것이냐 해야!

—「해야」 전문

　시인은 환희용약하는 무리 속에 있다. 일찍이 가락국 사람들이 불렀던 영신군가 「구지가」의 형식과 내용을 그대로 수용하고 있다. 무가적인 주술성 속에 불기둥은 신의 강림을 계시하는 상징이다. 이때 시인은 수동적인 여성의 위치에서 남성의 상징을 기다리는 자세다. 그래서 불기둥의 인식은 다분히 남성주의적이며 아버지의 세계관 속에서 획득된 것이다. 이 시집의 많은 시들을 피상적으로 읽는다면 여성의 축소된 자아를 쉽게 목도하는 것에 그치고 만다. 불기둥의 신화는 복종과 보호와 안식 속에 시적 주체를 가두는 기능을 한다. 그럼으로써 이 시집이 기존 전통시의 문체를 유지하고 있다는데 눈길을 두게 된다. 이는 입춤의 춤사위가 발산하는 느린 듯 정적이고 정갈하게 정돈된 전통 미학이라 할 수 있다.

> 딸에게 아빠는
> 세상을 보여주는 창문이라지
> 며느리에게 아버지는
> 세상을 지켜주는 울타리라지
>
> 웃는 듯 우는 듯 들여다보는
> 아빠와 아버지의 눈에
> 붉은 노을이 지나간다
>
> ─「아빠와 아버지」 부분

아버지의 불기둥 상징은 위 시에서처럼 '창문', '울타리'로 변주된다. 이 타자의 상징은 여성 주체가 세상과 소통하는 통로이며 보호를 담보하는 경계이다. 이 불기둥의 신화에 깃든 '붉은 노을'은 어쩌면 남성시선에 반영된 시인의 자기인식을 드러내는 것일지도 모른다. 이 경직된 주체의 이미지는 '소금

기둥'의 상징으로 드러난다. 성서에서 롯의 아내가 소금기둥
이 되는 징벌은 죄의 대가이다. '뒤돌아보지 말라'는 명령에
순종하지 않은 결과이다. 이 파멸과 심판의 응징은 여성에게
가해진 원죄와도 같다.

가루비에 아롱아롱 떨어지는 꽃잎들
죽 늘어선 웨딩드레스 허리가 시리다
첫날밤에 녹아내린 촛농처럼
눈물처럼, 꽃잎처럼
떨어지는 것들은 아름다운 것이니
목이 희도록 슬픈 밤
4월, 벚꽃을 묻는다.

　　　　　　　　　　　　　—「벚꽃을 묻는다」부분

정원이 있는 옥상으로 향하는 그녀
빈 벤치, 나무를 쓰다듬으며 정자에 앉는다
아리다.
그녀가 도망치듯 가는 하얀 길이

　　　　　　　　　　　　　—「하얀 길」부분

하늘이 부르는 순간 너는
조각된 얼굴의 퍼즐 한 조각
굳어버린 소금기둥의 아이
하지만, 하지만 하느님에게는

한 마리 나비의 날갯짓

—「하늘이 부르는 순간」 부분

불기둥의 상징은 구원의 기호이다. 하지만 그 이면에는 복종의 담론을 함께 담지하고 있다. 그 상징체계의 질서를 위반하는 순간 '소금기둥'이 되는 징벌을 받는다. 이는 붉은 이미지에 대비되어 백색 이미지로 표현된다. 이때 여성주체는 "한 마리 나비의 날갯짓"처럼 가볍고 존재감이 없다. 그리고 추락하고 도피하는 양태로 드러난다. 이 시집의 서정은 한동안 양가적 세계에서 진동하는 시인의 갈등과 번민과 슬픔을 아프게 담고 있다. "떨어지는 것들"의 아름다움과 "목이 희도록 슬픈" 정서는 너무도 낯익다. 한순간 애이불비哀而不悲의 세계에 갇힌 전통적 여성주체 때문에 탈색된 무개성의 시세계가 지배적인 것으로 단정 짓게 된다. 이때 낯익은 춤사위에 숨겨둔 미학을 찾아내는 일은 조금은 적극적 읽기와 더불어 춤추는 동참의 자세가 필요하다. 소금기둥에 갇힌 주체들은 연민하거나 구제해야 할 대상으로 희소한 현상이 아니라 현실 속에서 수없이 목도하는 소수자의 실존이기 때문이다. 그처럼 소수자의 편에 서는 일은 시 읽기의 윤리로서 언제나 정당하다.

늙어서 서로 의지하며 살기 좋은 곳
조선의 500년 역사를 벤 칼 보이지 않는데
한 장 한 장 접어올린 색종이 우산을 들고

배웅하는 휠체어 탄 할머니 눈에

같이 날자고
날고 싶다고 퍼득거리는
한 쌍의 날개가 있다

—「날개가 있다」 부분

이 시집에 지배적으로 침윤돼 있는 여성주의의 인식을 담고 있는 시다. 역사적 신화도 무화시켜버린 여성 주체의 시선 속에서 소금기둥과 같은 경직된 삶의 경계가 무너지는 현실적 상상력과 마주하게 된다. 이 지점에 이르러 한동안, 한순간 오도됐던 이 시집의 시 읽기가 생기를 얻게 된다. 그리고 강현주의 시성을 호흡하게 된다. 이 탈주의 색감은 푸르다. 소금가루의 백색이 파리하게 주눅들 때까지 자기인식에 이르렀을 때 비로소 밑바닥에서 터져 나오는 신음처럼 여리지만 푸르게 강인하다.

방귀를 뀌어도 누군지 알 것만 같은
오르막길
강제 철거라는 플래카드 아래
호박꽃, 가지꽃 바람에 흔들리는데
벽에 꽉 붙어 몸부림치는
담쟁이의 푸른 눈

—「어디에서 어디로」 부분

"담쟁이의 푸른 눈"은 불기둥을 뚫고 나온 소금기둥의 꽃과 같다. '강제 철거'라는 가장 강력한 실존의 위기 속에서 피어낸 꽃이다. 신화의 상징질서에서 벗어난 길은 기약도 없으며 정처 없다. '어디에서 어디로' 가야 할지 모를 이 낯설음이 비로소 강현주의 시세계다. 입춤의 춤사위처럼 난데없이 뻗어나간 시의 손과 발의 추임새가 날렵하다. 이러한 시의 춤사위는 변신이 핵심이다.

3. 이젠 더 이상 둥글지 않다

살펴보면 이 시집은 신화의 세계나 전통적 정서가 언뜻 눈에 들어 밋밋하게 읽힌다. 하지만 70여 편 남짓 시편 중에서 오히려 여성주의의 시각이 보다 많은 부분을 차지한다. 큰 목소리로 진술하지 않고 변주되는 시의 몸짓이 느린 춤사위 속에서 파격을 보여주고 있다. 이 시집의 읽는 맛이며 함께 몸을 이끄는 흥이라 할 수 있다. '흥'의 형식은 삶의 곡진 세월을 단단히 붙잡고 있기에 섣불리 몸을 일으키지 않으며 서서히 흐느끼듯 흔들리게 한다.

74세 어머니에게
친구의 입춤 동영상을 보여드린다

한복을 입은 고운 여인이
치마를 잡고 휘휘 돌 때

나뭇가지의 눈이 떨어지듯

어머니가 떤다

눈에 뭐가 들어갔다며

눈물을 감추다가

빤히 바라보는 어머니,

쌓인 눈이 녹듯

실측살측 흐느끼다가

큰 나무 덩어리 눈이

후드득 후드득 떨어진다

—「입춤 2」전문

　신열에 들뜬 듯 여인의 늙은 몸이 흔들리고 있다. 그동안 소금기둥의 상징 속에 갇혀 있던 존재 전체가 균열하는 순간이다. 오래도록 "나뭇가지의 눈이 떨어지"는 때를 고대했을 것이다. 환상이나 백일몽으로 끝나버린 수많은 기억들이 그녀의 몸속에 내장되어 있다. 그러다 한 순간 눈 무게에 짓눌려 꺾일 것 같았던 존재가 질곡에서 벗어나는 접신의 경험을 한다. 그것은 너무도 찰나이며 느닷없다. 덩어리 덩어리로 떨어져 나가는 이 묵직한 질감이 강현주의 문체가 아닐까. 살갗 속에 감추어진 진면목은 아직 드러나지 않았지만 불기둥과 소금기둥의 상징을 초월하여 이미 존재론적 변화를 일으키고 있다. 재생의 순간이며 창조의 놀라운 첫발자국을 내딛은 것이다. 시의 춤사위가 보여주는 미학이다. 둥글게 갇힌

상징에서 벗어나 탈주하는 것이다. 만들어진 존재에서 모나
기도 하고 기울어진 지경으로 날아갈 준비가 되었다. 정주하
지 않는 상상 체계로 이끄는 춤사위다. 그러므로 춤의 절정
은 여성주의의 선언이다. 그래서 아름답다.

　　　둥글게 살아야 한다던
　　　어머니의 말씀대로
　　　구르고 굴러
　　　둥그런 돌이 되었다

　　　평평한 길을 갈 때는
　　　웃으며 느긋하게
　　　울퉁불퉁한 길을 갈 때는
　　　몸에 힘을 빼고 천천히
　　　때로는 발끝에 힘을 주고 외줄도 탔고
　　　살려고 발버둥 치며 난간에 매달렸다
　　　이제 그만 죽자고 하늘에 나를 맡기던 날
　　　내 길은 내리막길이 되었고
　　　태양은 머리카락을 비추어주었다

　　　시나브로 살아난 나는
　　　이제 더 이상 둥글지 않아
　　　절벽을 만난다면
　　　어떻게 살 것인지

가만가만 캄캄한 밤에게 물어보곤 했다

—「나의 돌」 전문

강현주 시의 춤사위를 총체적으로 담고 있는 시다. 둥글게 살도록 가르쳤던 "어머니의 말씀"은 불기둥의 신화가 변주된 상징언어다. 여성성을 가두고 큰 타자의 질서 속에 편입되어 소금기둥으로 살아야 하는 운명론이 지배하는 기호다. 삶의 평온과 여유도 안간힘을 다해 매달린 생활도 모두 주체의 목소리가 아니다. 죽음을 향한 페르소나처럼 거추장스럽고 갑갑하며 위험한 것이다. "이제 더 이상 둥글지 않"겠다는 자기 인식은 죽음을 통과한 이후에야 얻은 소중한 깨달음이다. 몸에 덕지덕지 묻어 있는 소금기를 거둬 내고 홀로 선다는 것은 '절벽'과 맞서는 일이다. 그리고 "캄캄한 밤"의 세계로 들어서는 무모한 시도라 할 수 있다.어떤 공포의 역사가 야수처럼 기다리고 있을지 알 수 없다. 그러나 그 길은 오로지 여성 주체가 만드는 고유한 아니마의 세계다. 초월하며 재생하는 자유의 경지다. 이 강력한 자기 존재의 통합을 응원한다. 그리고 새롭게 내딛은 저 증여의 행로를 눈여겨보았으면 한다.

때로는 소통하지 못하여

막다른 골목에서

뒤돌아선 사람들을 생각한다

—「외로움의 뼈」 부분

막다른 인생을 눈여겨볼 수 있는 자의 춤은 얼마나 조심스러우며 애절한가. 또 얼마나 고독한가. 강현주는 그 세계를 선택했다. 아무런 조건 없이 자신을 내어줄 수 있는 존재는 모성밖에 없다. 그것은 죽음을 향해 달려 나가 죽음을 이기고 다시 생성하는 우주의 은유다. 어떤 불기둥도 예시하고 간섭할 수 없는 세계다. 소금기둥 속에 가둘 수 없는 해방의 몸짓이다. 그래서 가만히 가만히 고요속 비명에 귀 기울이는 강현주의 춤사위에 덩달아 "실촉살촉 흐느끼는" 것이다. "재가하는 어머니의 치맛자락"이 오래도록 여운을 남긴다.

　　가만히 있는다는 것
　　머리 감길 때, 까불 때, 귀 후빌 때, 안전 훈련할 때
　　엄마가 하라는 대로
　　선생님이 가르치는 대로
　　선장이 지시한 대로
　　가만히 있었던 세월호 속의 아이들

　　가만히 있는다는 것
　　고요 속의 비명처럼
　　재가하는 어머니의 치맛자락처럼
　　손톱 끝이 쓰라려 잔인한 4월

　　　　　　　　　　　　　　—「가만히 가만히」부분